# 세월을 잉태하여 3집

대한문인협회 광주전남지회 동인문집

시음사
시사랑음악사랑

# 동인지 3집을 지어 올리며

바다같이 넓은 무대, 주인공으로 초대해 준 부모님께
감사드리며 소풍 온 듯 재미있게 살아요.
생동하는 삶 울림 있는 진동을 만끽하며 유람하는 세상
시(詩)를 짓고 글을 쓰는 창작의 맛을 공유하는 글모임
동무 반갑습니다.
찰나에 순간 포착처럼 기적 같은 만남이 짧은 시간에
이슬처럼 사라져야 한다니 꿈 같습니다.

헤어짐이 아쉬워 시를 짓고 자연과 동화되어 생명이 움
직이는 율동을 시각에 따라 다른 모습 조심스럽게 적
바림해 봅니다.

살아 숨 쉬는 시어를 찾아 시인 자기의 언어로 창작하
는 고뇌는 긴 시간 진주를 만드는 연민하는 아픔입니
다.

세월을 잉태하여 제3집 세상에 태어나 날갯짓할 때 눈길 한번 주시고 마음 열어주시면 고맙겠습니다.

친구 같은 시집 되기를 소망하며 다정다감한 대한문인협회 광주전남지회 20인의 시가 봄꽃향기처럼 누구나 좋아하는 시집이 되었으면 좋겠습니다.

2023년 4월 5일
대한문인협회 광주전남지회 지회장 **최이천**

♣ 목차

# 시인 김강좌 편

시작 노트

꽃가지마다
향기를 덧칠하고
춤사위 한창이던 그 자리
시간에 밀리어
흔적조차 사라진 그 자리에
계절은 다시 꽃을 피운다.

행간에
씨줄 날줄을 엮어 춤을 추면
모로 누운 언어들이
글 꽃으로 피어날까

날마다 까치발을 세운다.

# 바다 사람들 / 김강좌

바람이 무시로 드나드는 바다는
새벽보다 먼저 깨어나
출항을 준비하는 어부들과
시선을 맞추고
바람의 방향을 살핀다.

가슴에 만선을 품고
삶의 행간을 채우는 사람들과
체온을 덧대고 사는 바다

달빛이 곤한 깃을 내릴 때쯤
포구를 깨우는 뱃고동 소리에
어항단지의 새벽은
다시 풍성해지고

눈빛을 주고받으며
손가락 장단에 춤추는 경매소리
바다 사람들의 삶은
그 어떤 노래보다 신나고 뜨겁다

# 홍매화 / 김강좌

텅 빈 가지 위로
자분자분 돋아나는
신비한 생명의 화음은
뼛속까지 시린 추위를 견디지 않고서야
어찌 향기를 얻을 수 있었으랴

물오른 가지마다
밤새 산고를 치르더니
정갈하게 단장한
붉은 꽃등을 송이송이 내걸고
제 몸 흔들어 향기를 날린다

누구를 유혹함이 저리 고울까

한여름 소나기처럼
짧은 날을 살다 진다 해도
환희에 벅찬 네 매무새를
그 무엇에 비할 수 있으랴

# 황혼 / 김강좌

늦가을 공원은
낙엽만 덩그러니 쌓여 있다

여름이 빠져나간 자리에
소리 없이 스치는 발걸음들
세상을 다 사를 듯
완성으로 타올랐던 땡볕의 열기도
차갑게 사그라들고
이방인처럼
홀로 서성이는 시간

이젠 늙음도
여름밤 저물 듯이 쉬 온다

# 다시, 하루 / 김강좌

하늘과 땅 바다에서
햇살과 바람과 비를 품고
사계를 사는 나무와 풀꽃

새소리 풀벌레 소리
갓난아기의 첫 울음소리
미래의 주인이 될 아이들의
우렁찬 웃음소리,
일터로 향하는 발걸음 소리
밀고 당기는 흥정 소리에
떨이를 외치는 신들린 소리 등
힘겨운 삶의 진창에서
격려와 응원으로
어느 땐 아우성으로
소소한 일상을 나누며
둥글둥글 더불어 사는 사람들

삶의 무게를 가늠하는 높이에서
매운 하루를 살아 낸다
한 뭉텅이 희망으로 우뚝 서는 내일을 꿈꾸며

# 굴렁쇠 / 김강좌

길 위에 길을 내어 달린다

바람이 사방에서 불어도
잠시도 멈출 수 없는
숙명 같은 그 길을 얼기설기 덧대어
조심스레 달린다

아스라한 비탈길에 쓰러져도
홀로는 어찌할 수 없는 현실이
못내 슬프지만
둥글둥글 사람들과 더불어
잊히지 않는 그만큼으로
오래 기억되고 싶다

어느 순간 문명에 밀려나
흔적 없이 사라지겠지만
오늘도 내일도 희망의 등불이 되어
쉼 없이 달리고 싶다

♣ 목차

# 시인 김종덕 편

### 시작 노트

시계가 멈추면 세월이 멈추었다고 생각했다
땅에선 기다리던 새싹이 찾아들고
덩굴장미엔 새 눈이 돋고 있는데

시계가 고장 난 것을 알지 못한다
시계가 고장이 나도
꽃샘추위에 꽃잎을 닫은 물망초도
다시 온 님에 반갑다

머리에 쥐가 나는 글쓰기도
어느덧 빚이 되어 쌓여
세월이 멈추기 전에

빚이라도 좀 갚을 심산으로

# 無知의 知 / 김종덕

자신이 무지하다는 사실을 알라
안다고 생각하는 것은 착각일 뿐

아는 것이 하나도 없다는 것은 아니매
어떠한 지식도 반드시 옳다고 단정할 수 없음이라

자신이 잘 안다는 것은
아직 모르는 것도 많다는 사실을 알기에
배려의 참이 있을 수 있으나

잘 모르는 것은
어설픈 지식으로 용감하게 들뜨기도 하여
스스로 자각하는 데는 어려움이 있으리니

어둠 속을 직접 볼 수 없듯이
생각이 신중해야 자신을 찾을 수 있고
반성하는 힘이라야
자신의 무지를 발견할 수 있음이라

넓고 깊은 생각이라야
자신을 발견할 수 있는 기회가 다가오고

無知의 知로
겸손이 솟아오르고
지혜의 물결이 출렁이도록
스스로를 갈고 닦아야 할지라.

\* 소크라테스 : 내가 아는 것은 내가 아무것도 모른다는 사실 뿐이다

15

# 그 새 / 김종덕

그 새가 보이지 않을 때
날지 못한 것을 알지 못했다

그냥 멀리 날아갔을 거라고 생각했다
계절이 바뀌면

호숫가 안개 속으로 내려앉아
꾸우꾸우
날 부를 것으로만 생각했다

날개를 다쳤다면 흔적조차
없었을 것이고

다리를 다쳤다면 아픔을 안고
먼 곳으로 날아갔을 것이다

내가 앓듯이
눈물도 소리도 없이 젖어 우는 소리가
이명인 듯 귓가에 맴도는데

그 새,
가슴이 타서 날개를 잃었다고
찬 갈바람에 실려
내 심장을 때리고 있다.

## 행복하고 풀 때 행복하세요 / 김종덕

행복을 찾으러 다니지 마세요
찾으려고 하면 더 멀어져갑니다

행복은 손님입니다
누구에게 찾아오지만
오랫동안 머물지 않습니다

오지 않는 행복을 기다리지 마세요
이미 당신 곁에 와 있습니다

손님은 와서 주인을 기다리고 있는데
바쁜 주인을 만나기 어렵다네요

미루지 마시고
지금 행복하세요. 주위에 넘쳐납니다
와 있는 손님이 보이지 않나요?

눈을 낮추고 비워보세요
행복하고 싶을 때
미루지 마시고

꼭 행복하세요, 지금.

# 쓸모없는 나무 / 김종덕

스스로는 모른다
그 넓은 사랑을
삶길 것 같은 뜨거운 날
커다랗고 넓은 팽나무 그늘 밑에
누워 하늘을 보면

살랑거리는 바람이 잎새에 다가와
점잖게 말을 건넨다
참 잘 참아 왔다고

애타게 살아온 긴 날들에서
크게 남아 그늘을 만들어
오가는 나그네에게
땀을 식혀 줄 수 있다는 걸 몰랐다

한창 젊을 때 잘났더라면
집을 짓고 다리를 세우고
배를 만드는데
잘려지고 팔렸을 것을

내가 이렇게 클 수 있었던 것은
지난날
아무런 쓸모가 없었기 때문이리라

삶은 스스로를 사랑하는 것이다
눈앞의 삶이 모두가 아니라는 것을
알 때쯤 사랑은 곁에 다가와 있다

삶은 자신을 찾는 것임에
먼 기다림 속에 나를 심어야 한다.

# 움 벼 / 김종덕

먼 아버지의 고향처럼
갈 수 없는 곳의 향기가 돈다

그 발길 따라 찾아가고픈 자리에
어쩜 애절하게도 피어났다

다 살아가지도 못할 길
식어가는 태양 빛을
비스듬히 받으면서
아프게도 춤을 춘다

어깨 멘 지게
손안의 이까리
붉게 설움 진 석양
텅 빈 가을 벌판엔
아버지 그림자
길게 늘어져 있는데

가을 논 언저리엔
앞날 모르는 움벼만
생긋이 웃고 있다.

♣ 목차

# 시인 박근철 편

시작 노트

아름다운 꿈을 꾸던
슬픔 꿈을 꾸던
삶은 생이 끝나도
여운이 남는 시로 누군가의
마음에 남아 있겠죠

그런 이에서
모두가 시인이라 말을 하기도 하리라 생각해 봅니다

낙엽 지고 비 오는 날만
시가 쓰이는 것이 아닌
생을 통틀어 시라는 말을
남겨 봅니다.

# 우리는 늘 이렇게 사나 봐 / 박근철

나는 널 잘 알아
무엇을 좋아하며
싫어하는지

그런데
생각해보니
잘 모르겠더라

다만
웃을 때와
슬퍼할 때
모습은 기억나

그러고 보니
참 웃기지
나도 나를 잘 모르겠더라

약속
그때뿐이었던 걸
이제 알게 되더라

그러니
누구를 안다고.
이제는 말할 수 없겠더라

그래도
또 약속은 할 거야
그래야 최소한 노력을 하고
기억을 할 테니까

우린
참 이상하지
서로의 말을 믿고 사니까 말이야.

그렇게
또 그렇게
살 수밖에 없는 건가 봐

누가 시키지 않아도
다들 그러나 봐
약속이나 한 것처럼

# 소녀에게 / 박근철

온갖 악기들의 소리로
노래를 부르고 들어도
쉽게 잊히지 않은 시간 속에
나뭇잎같이 야위어 말라가는 얼굴

사람도 나무도
사랑의 양분이 없으면
시들고 말라가는 것을
아
인생이여
사랑이여

오선지의 그려진 음표는
내려가면 올라가는 것인데
사람에게 주어진 마음은
내려가면 올라갈 줄 모르는구나!

노래여
춤출 수 있는 악기들의 장단이여
가인은 가고 없는데
너는 등불만 밝히고
무엇을 기다리는 것이냐

붙들 수 없다면
훨훨 날아가게 두지
괜한 눈물만 흘리는 것이냐

아픔도 슬픔도 기쁨도 행복도
싫든 좋든, 때가 되면 가는 것이 아니냐

무지갯빛 꿈들이 영글어가던 시기
너는 무엇을 하며 노래하였던가

시절의 그리움 하나씩 지워져 갈 때
목마른 이상은 더 새로워 가는 것을

깊은 산속 고요함이 너를 발견하고
너 또한 그리로 가고 있었던 것을

땅의 검불들이 말을 할 때
양분은 사그라들겠지
그러니 이날은 웃어라

# 살아 있는 느낌을 가져보자 / 박근철

느끼고, 느끼려 본다.
살아있는 생동감
그것은 느끼는 데부터이겠지
어머니의 호흡
어머니 냄새
시작부터 사랑이 담긴 느낌 그것이었다

이제는 무엇을
보고 느끼는가
세상의 환락인가
겪어보는 짜릿함인가

느낌이라는 것이
세대에 따라 다른가
나이에 따라 다른가

이성에 몰두하고
성공에 몰두한다.
잃어버린 것은 없는가

잘못하다가는
눈뜬장님처럼
본다고 하나 실상은 감긴 눈
느끼지 못한 굳어버린 마음이라면
어디에서 여러 가지 향기 나는
느낌들을 살려낼 수 있단 말인가

문자 또 물어보자
내 마음속에
채워져 있는 것이 무엇이고
잃어버리고 놓친 것이 무엇인지

가을
철학이 익어가고
인생의 본질이 살아있는
이 시기에

마음껏 느끼며
마음껏 외쳐보자
나, 아직 살아 있다고
나, 아직 느끼고 있다고

## 노을빛 바다에서 / 박근철

노을 진 바다가 참으로 아름답습니다
어쩌면 저리도 붉고 고운지 모르겠습니다
어머니 그 얼굴 같고
아내의 고운 마음 같으니 말입니다

가끔은 붉은 하늘에
울컥 올라오는 뜨거운 눈물들이
가슴에 벅차 토해내듯
한없는 넌 그리움

노란색 붉은 노을이 주는
위로는 긴 한숨 뱉어내고
가슴에 신선한 공기로 폐부의 흐림을 바꿉니다

그림이다
예술이다
무엇으로 표현해도
모자람 없는 현상들

나도 저런 붉은 노을이 될 수 있을까
그리다 만 그림들은 몇 개며
그것들은 어디에서 또 어디로 갔는가

망각의 세월에
너도, 나도 잊혀만 가는 것인가

붉은 노을빛 닮은 마음
주고받고 또 주고받고
그러면 노을이 되려나

쉼 없이 달려 나간
시간을 어깨에 메고
나
저 동산 노을빛 찬란한 곳으로 가리

대망의 바다에서
빛을 따라 펄떡이는
괭이갈매기들의 노래 속으로

# 사랑은 이런 건가요 / 박근철

해 지는 노을이 참 예쁘더라
노을에 걸린 얼굴 하나
그리워 눈물이 나더라

저녁 홀로 밥을 먹다가
또다시 생각에
목이 메어 넘어가지 않더라

사랑은 눈물이고
아픔인가요
사랑은 이런 건가요

나는 몰라요
정말 몰라요
사랑이 똑같진 않아요

길가에 파는 과일처럼
쉽게 살 수도 없어
흥정할 수는 더욱 없더라

꽃집에 꽃처럼 예쁘기도 하여
피는데 즐거움도 있더라
귀하기도 하더라

사랑이 이런 건가요
감정의 대가로 얻어지는
쉽지 않은 일이지만

나는 몰라요
정말 몰라요
사랑은 똑같진 않아요

오늘도 가로등에
기대어 우는 사람아
사랑은 이런 건가요.

♣ 목차

# 시인 박정수 편

시작 노트

지리산 여행을 하다가
밤꽃향이 코끝을 간지럽힐 때 잠시, 쉬어가는 곳에
망초꽃이 섬진강을 바라보고 있는 모습을 보고
적었습니다.

## 열망 / 박정수

태양이 중천에 머무는 시간
애환을 담고 살아온 소나무 한 그루가
세상을 향해 기백을 자랑한다

몸통 하나에
희망을 안고 꿈을 안고
여러 갈래 나누어져 잎을 틔운
나뭇가지의 행렬이 행간을 부수고 흩어지면

행여,
불편한 곳 있을세라
노심초사 밤새워 돌봤을 역경의 세월은
고독한 잎이 되어 하늘을 향해 높이 솟구친다

보라,
자유롭게 펼쳐진 저 나뭇가지를
자유가 자유를 불러
더 자유로워 보이는 저 나무를

즐겁다 못해 환희에 찬 생각이
머리카락에 힘을 주어 등골이 오싹해지면
나도 몰래 터져 나오는 음성 "와~"

내가 못 한 것을 지금, 저 나무는 하고 있다

# 망초꽃 / 박정수

섬진강 줄기 따라
밤꽃향 가득한 도로를
설레는 마음으로 달릴 때가 있었지

우거진 산세는 새의 고향이었고
이름 모를 꽃들은
오 가는 이들 풍요로운 마음을
소싯적 고향으로 안내하기 충분했어

그 중, 도도한 자태를 뽐내며
누군가를 기다리는 모습으로
섬진강을 휘돌아오는 물줄기를 바라보는
꽃이 있었지

가녀린 꽃대로 잡초 틈새 기어올라
외롭게 홀로 서
꽃향기를 날리고 있는 망초꽃이었어

정말 아름다웠지
추억이 있었던 그 길이
가끔, 가슴을 먹먹하게 하는 이유는
그리움이 남은 그 시절이 아쉬워 그러는 게다

# 와온 해변에서 / 박정수

비가 오고 있었다

백일홍 가로수 뒤로
산에서 피어오르는 물안개
계곡을 따라 구름과 해후하는
한낮의 정서를 기억으로 담으려 한다

지금까지도 그래온 듯
쓸쓸한 빗줄기를
온몸으로 받아들이는 저 외딴섬

그곳에는
너울거리며 부활을 꿈꾸는 파도가
비를 맞은 앙상한 몸짓으로
바람결에 잠들고 있다

잠시
비 그친 해변을
고즈넉한 마음으로 바라보는
갈매기 한 마리가
오랜 추억을 등에 메고 하늘을 날면

언젠가 왔던 이곳
그림을 완성하지 못하고 떠났던 여운이
그날의 바닷가를 그리며
애틋한 그림 하나를 완성한다.

# 중도 방죽 / 박정수

겨울바람에 몸서리친
동백의 험난한 생이
그리운 세월의 아쉬움을 접어가며
견틋한 바람에 향기를 드리운다

갈대의 향연 사이에
한줄기 물길은
강과 바다를 넘나들며
임 찾아 길을 헤매도

행여,
임이 올까 몸을 움츠리며
애타는 마음으로 기다린 질곡의 세월

아름다운 남도 바닷길
허허로운 창공을 나는 새 한 마리
지는 동백 꿈을 안고
황금빛 갈대 바다를 서성댄다

# 거침없이 하이킥 / 박정수

고달픈 인생살이 일만 하지 말고
더러는 놀다 가보자

흥청망청 마신 술에 이리 비틀 저리 비틀
어두운 길을 걷고 걸어도
인생은 세상을 홀로 항해하는 것

오늘은
마음을 뜨겁게 하고
석양이 지고 네온사인 출렁이는 불빛 아래서
아직 남은 삶을 맞이하며
두 번은 오지 않을 가슴 시린 마음에
미소 한번 지어보겠다

오늘은
머리카락 휘날리며
별처럼 빛나는 누군가를 만나

바람 불면 꽃잎 사이로 고개 내밀고
수줍어하는 달을 바라보며
그녀에게 거침없는 사랑을 고백하겠다

♣ 목차

# 시인 박희홍 편

시작 노트

가슴에 담아두고 있으면
꼼지락거려 밖으로 내놓아야

누군가에게 목을 축일 수 있는
한잔의 물이 되어주길 바라는
마음에서 글로 써서
세상에 내놓습니다.

# 삶은 희망 / 박희홍

가을걷이 끝난 황량한 들판의
허수아비 꼴이 되어
지나간 시간을 아쉬워하는
오지랖 넓은 틀수한 총각

섣달 그믐 날 목욕재계하고
짝을 이룰 기쁜 소식
곧 오겠지 하는 생각에
정성껏 두 손 모은 소망

자애로운 해님이
서산을 넘어가려는 찰나
아쉬움 가득한 허탈함을
바람에 실어 보내고서

알림장이 반드시 오리라는
믿음에 가슴 졸여가며
발걸음 소리 들리려나
두 귀 쫑긋 세우고서 기다리련다.

* 틀수하다 : 성질이 너그럽게 침착하다.

# 추억의 골목길 / 박희홍

이웃과 이웃의 숨결을 느끼며
함께 울고 웃으며
애환을 고스란히 담아내던 길

타협할 줄 모르는
옹고집쟁이 같은 직선이 아닌
웃음기 많은 유들유들한 곡선의
상생과 소통의 길

도심재개발이란 이름으로
실골목도 도랑도 사라진 자리에
소소리 높은 커다란 상자들

이웃 간의 정은 보이지 않은
장벽에 가로막혀 통할 수 없게 되어
서로 본체만체 야멸차게 굴어
골이 날로 깊어만 가는 불통의 길

* 소소리 : 높이 우뚝 솟은 모양.
* 야멸차다 : 자기만 생각하고 남의 사정을 돌볼 마음이 거의 없다.

# 좌절을 딛고 / 박희홍

재기하려는
뜻을 세웠으면 굽히지 말고
소신껏 차분히 시작하라

땅속에서 솟아오른
샘물이 멈추지 않고 흐르고 흘러
바다를 이루어 출렁이듯이

마르지 않은
생각의 샘물을 퍼내
경쾌한 행진곡이 울려 퍼지듯
영원히 흘러 퍼져나가게 하라

잎을 잃은 나무가
소마소마 가슴 졸이며
고난의 날을
이겨내고서 새싹을 틔우듯
세운 뜻을 이루리니

* 소마소마 : 무섭거나 두려워서 마음이 초조한 모양.

# 겨울 모퉁이 돌아서 봄 / 박희홍

삼동설한(三冬雪寒)의 추위 속
양지바른 길섶에 피워
군무를 추는 앙증맞은
하늘색 큰 봄까치꽃

비단을 깔아놓는 듯
해맑게 웃게 하는
해 따라 피고 지는
오밀조밀 예쁜 꽃

따사로운 훈풍을 타고 오는
봄소식에 옹기종기 둘러앉아
절로 방긋방긋 웃게 하는
봄의 전령 아기천사

세월이 하 수상하다고 해도
힘이 되어주고 싶어
안달복달하며
이 봄에 가장 먼저 웃어주는 풀꽃

* 큰 봄까치꽃 : 큰개불알꽃의 순화어.

## 고샅길 도랑물 / 박희홍

실골목 지나 고샅길 따라
맑게 흐르니
피라미와 다슬기
오순도순 살고
농사짓는 데 쓰고
조물조물 빨래할 때 쓰던
도란도란 도랑물

현대화 바람에
떠밀려온
별의별 생활 쓰레기가
쌓여 물길을 막아
아무짝에도 쓸 수 없게
썩어버려
눈살만 찌푸리게 하는 물길

# 시인 배인안 편

시작 노트

시는 자연 동화되어
대화하는 이야기다
순수하고 진실한 모습을 형상화하고
자연 감성을 순화된 언어로 표현하며
즐거워지는 천진한 모습이 시와 시인이다.

# 어머니의 장독 / 배인안

매화꽃이 필 무렵이면
어머니는 장을 담그신다
좋은 날 받아
메주 씻고 소금물 풀어 장을 담그신다
어떤 해는 따뜻한 날
어떤 해는 추운 날
고르지 못한 날씨여도
어머니는 기어코 그날에 장을 담그신다.

어머니의 마음으로는 멀리 있는
아들 시집간 딸 나누어 주는
기쁨으로 담그신다고 하셨다
그 일이 끝난 후엔 눈이 쌓여도
비가 온 후에도 언제나 늘 반질
반질 닦아 윤기가 나는 장독

낮이면 햇빛에 밤이면 달빛에
윤기 나는 장독가에
한 그루 매화나무 보란 듯이 꽃은
곱게 피었어도 어머님의 장 담그시는
모습은 볼 수가 없고 두고 가신
윤기 나는 장독들은
지금도 어머님이 하늘나라에서
오셔서 닦으시는가? 윤기가 살아 있습니다

# 아침의 들길 / 배인안

봄 속 들길을 혼자 걸으니
풀 향기 향긋한 아침
먼 산 위로 아침 해가 솟아

간혹 듬성듬성 피어 있는
노란 민들레꽃에 촘촘히 햇살이
스며드니 화려한 노란빛이
아름다워라

홀로 핀 것도 외로울 건데
해맑은 얼굴로 나를 반기는
그런 너를 뒤로하고 가는
나에게

언제 올 거니 묻지 말고
자주 와줘 부탁하면 오직 좋겠니?

# 미소 / 배인안

분홍빛 미소처럼
해맑은 꽃으로
피어나고 싶은 마음에도

그림처럼 스며오는
그리움이라도
진흙탕 물 스며드는
연못에서 조용히 핀
연꽃처럼

늘 맑은 미소로 자리하듯
긴 세월 스쳐 지나간
나날들의
지우지 못한 그리움도
아침 안개 개면 얼굴 내민
꽃처럼 아름답게 웃자

# 삶 / 배인안

노래 가사 같은 세월 속에
삶의 무게가
버거웠던 젊은 날들
매디 매디 맺혀 있는
실 매디 같은 삶에 일 풀다

달그림자 밟고서야
자리에 뉘었던 나날들
허둥지둥 삶에 세월이
지나간 지도 모르고
어느새 하얀 서리꽃이
머리에 피었네

흘러간 지난 나날들이
애잔한 마음에
때론
눈시울을 적실 때도
있었지만
좋은 결실에 보람된
세월이
허투루 지울 수 없는 소중한
삶의
보람인 줄 이제 알았습니다

# 봄으로 가는 길목 / 배인안

봄의 고개 길목에
홀로 피었던
꽃 한 송이가
때론 문득 생각나는
것처럼
생각나는 사람
그 사람을 생각하면
석양의 노을처럼
아름다운 사람

새벽녘 연못에 떠오르는
달처럼
조용한 사람
세월 꽃을 머금어 웃는
그 얼굴이

세월은 가도 지금도
그때 그 모습
그대로일까
추억 속에 지워지지 않은
그 한 사람 지금은
내처럼 늙어 갈까
세월 속에 묻혀 가도
아직도
가슴에서 지워지지
않은 사람

1. 슬픈 날
2. 낙엽
3. 거연정
4. 노을
5. 우리 집

# 시인 서흥열 편

시작 노트

엄동설한 내내 기다려 왔던 봄
풀 내음 꽃 내음 넘치듯 하지만
말 없는 세월이 흘러가 버렸네
진실 하나만을 갈구하는 자연
피고 지는 섭리를 어찌한 줄'시'로
다 노래할 것인가

# 슬픈 날 / 서홍열

사랑하는 님아
하루를 살아가기 힘들거든
여기 앉아 쉬어 가세요

뜨거운 햇살을 찍어 바른
구릿빛 얼굴로
바람이 불어오면 웃으세요
하늘에 구름 가면 또 웃으세요
새들이 노래하면 그냥 웃으세요
바람, 구름, 새들이 당신을 사랑하니까요

사랑하는 님아
가실 때는 그냥 가세요
아련한 미련 같은 건 남기지 마세요
세상이 힘들고 외롭거든 쉬어 가세요
바람과 구름과 새가 되어 드릴게요

# 낙 엽 / 서홍열

낙엽 너는 가지에 외로움
　　칭칭 감아놓고
　　구르고 구르면서 내게 왔구나
　　너와 나는 슬픈 이별 속의 인연
　　만나면 보내야 하는
　　이 아픔의 통곡
　　나는 어쩌란 말이냐

낙엽 너는 외롭고 허전함 아느냐
　　마음 깊은 곳 내 친구도 떠나보냈다
　　푸르던 날 수많은 이야기
　　다 가지고 갔단다
　　이별할 줄 알면서 살 것을
　　더 아프다

낙엽 바람에 뒹굴고 밟혀
　　찢어진 너에 상처
　　나는 어쩌란 말이냐
　　세찬 바람 너를 멀리 보내고
　　아쉬움에 밤새워 윙윙 울더라

　　날이 새면 가버린 너와의 이별
　　차라리 꿈이었으면

# 거 연 정 / 서홍열

큰 바위가 하얗게 하늘 보고 누워서
바위면 다 같은 바위가 아니라 하고
물이 푸르러 하늘인 줄 안 것은
물이면 다 같은 물이 아닌 것을
이제야 알겠구나

빨간 낙엽 물 위에 내리니
나마저 낙엽 위에 떨어진다.
바위 보고 물 보고 취하다 보니
흐르는 물은 물이 아닌 한잔 술이었구나

우거진 고목 산새들
불러 모아 노래하니
나그네 갈 길마저 잃는구나!
발길 무거워 뒤돌아보니
함양에 거연정(居然亭) 외롭게 서 있네

잡지 마라 아쉬워 마라
세상 이리저리 살다 보니
때 묻은 나그네
몸 씻고 마음 씻어
해맑은 날 너와 함께하리라

# 노을 / 서홍열

나는 가야 한다
넋과 혼을 안은 채
절룩거리며
쉬었다가 다시 일어나
해가 지는 황혼 끝으로

굵은 주름과 하얀 머리뿐
이제 가야 한다
노을이 지워지기 전에
갈대가 쓰러지는
들판을 지나

그리움이 바람에 날리는 이 길을
마지막 햇살에
한걸음, 한걸음
노을을 간다

## 우리 집 / 서흥열

흐르다 멈추어선
하얀 구름 한 조각
빨간 집 위에 높이 서 있네
언덕 위에 우뚝 선 황토집
비탈길 올라서면
혼자여서 부끄러울까
숲속에 꼭꼭 숨었네

골짜기 긴 여운 뻐꾸기 우는 소리
철없는 바람 타고
온산에 퍼질 때

텃밭에 풀 뽑던 아내
굽은 허리 툭 툭 치며 일어서서
주렁주렁 대추나무 감나무 사이로
힘없는 햇살 쳐다본다

이제 곧 해가 지려나 보다
앞산 봉우리에 붉은 해도
반쯤 걸어가고 있다

바람 일고 댓잎이 떨어진다
이제 뒷문을 닫아야지

낯선 오늘 밤을 또 맞아야 한다
깊은 밤 곤히 잠든 아내
창 너머 산새들 꿈꾸는 날갯짓
행여 깨울세라 숨죽여 눈을 감는다

♣ 목차

# 시인 소재관 편

## 시작 노트

길을 걷다
붉게 물든 저녁노을을 보면

발걸음 멈추고
마음속 감성의 셔터를 눌러
가슴속에 담을 수 있다면
시를 쓸 수 있다

올 봄에는 나의 정원에 시 나무
한 구루 심어야겠습니다

## 봄 안개 / 소재관

안개비가 내리는 밤
들꽃 농원에 자리 잡은
목련 동백 길가 마지
삼지닥나무가 서로
앞다투어 꽃망울 터트려
향기를 품어내고

수선화 크로코스 양지꽃은
돌 틈 사이에서 봄볕에 수줍어
고개를 떨구네

뒷산 고라니는 짝을 찾아
울어대는데
안갯속에 가려진 달님은
들꽃 농원의 숨겨져 있는
비밀을 아는지 모르는지

무심한 세월만 덧없이
지나가네

# 눈썹달 / 소재관

아침 일찍 길 떠날 님
배웅 나온 눈썹달이
소나무 가지에 걸려
활화산처럼 타오르는
여명에 수줍어
붉게 물들어 바다로
떨어지네

# 아침이 오면 / 소재관

아침에 일어나면
처음 생각나는
그 사람
오늘 아침에도
그 사람에게
소식을 보내본다
얼어붙은
땅속에서
봄을 기다리는
야생초처럼
그 사람의
사랑으로
피어나는 향기를
기다려 봅니다

## 외딴집 / 소재관

외딴집으로 가는 길에는
별빛이 길을 밝히면
산 짐승이 앞장서고
외딴집으로 가는 길에는
파도 소리에 물새 때도
춤을 추고
외딴집에 들어서면
진 돌이 꼬리 치며
반긴다.
외딴집 안에 들어서면
차향이
그윽하고
외딴집 서재엔
보다 둔
시집이 펼쳐져 있다
외딴집에 살고 있는
사람은
행복한 사람일까

# 손님이 떠나는 자리 / 소재관

부산하게 움직였던 하루
손님은 떠나가고
빈자리엔 비어있는 빈 찻잔만
쓸쓸하게 놓여있고
찻잔 속에 수많은 사연 담아두고
떠나간 손님 언제 다시
찻잔 속에 담아둔 사연들을
되새김 잘 할 수 있는 날이 올는지
손님이 떠나간 뒷모습 그려보니
외로움이 더욱더 엄습해 오는 밤
멀리서 불어온 바람 소리가
혹 님에 목소리 인가 귀 기울여
보니 겨울이 다가오는 소리

# 시인 심선애 편

시작 노트

꽃잎 흔들어 초록을 부르는 아름다운
계절에 존경하는 시인님들과
함께 할 수 있음에 감사합니다.
광주전남지회 라온하제 응원합니다

# 백로(白鷺) / 심선애

무심한 듯 서 있는 자태가
너무 아름다워
나도 모르게 걸음을 멈춘다

세월은 지난 달력을 넘기듯
계절을 삼키고
나무가 떨구어낸 시간이
낙엽이 되어 쌓이는 가을

어제 놀던 제비, 물총새는
보이지 않는데
기나긴 여정 더듬느라
물결만 바라보는가

여행 가방 한 귀퉁이에
고운 정 접어 두고
아릿한 마음의 씨앗 뿌리면
시린 겨울이 지나고 오는 새날에
꽃이 되어 다시 만나리

## 약속의 시간 / 심선애

서늘함에 옷깃을 여미는 계절
아련한 그리움으로 남은 지난날이
마른 향기 그윽하게 흩어집니다

수양버들이 인사하는 산책길에
흐르는 물소리 들으며 손 흔들면
스치는 찬바람에도 따스한 미소로
화답하지요

숨바꼭질하듯 깊게 드리운 기억이
흩뿌리는 안개비에 스며들면
푸른 잎이 붉게 울며 떨어질까요

갈 바람에 억새 우는 늦가을
유리문 밖을 서성이는 그리움에
어둠이 깊게 내리고
목마른 가을비가 추적입니다

내 영혼이 나무가 되고 새가 되어
그대 이름 부르면
사랑과 이별의 경계선에 서서
다시 올 날 기약합니다

# 코스모스 / 심선애

연한 물감이 살랑거리듯
따사로운 풍경에 행복한 가을날

꽃잎 수 놓인 치마를 입고
나들이 나온 코스모스

수줍은 연분홍 미소가 한들거리면
서걱거리는 갈대의 너울에도
은은히 이는 그리움

단발머리 나풀대던 지난날이
바람 따라 콩닥 인다

들녘이 물드는
그윽한 파스텔 빛 꽃길로
추억 여행 떠난다.

# 또바기 사랑 / 심선애

낮은 뫼 푸르게 숨 쉬는
아담한 산골 마을에
빛바랜 지난날 머리에 이고
한 세월 등에 진 어머니가
텃밭에 물을 주신다

마당 가에 초록이 물결치고
오이, 고추 깻잎이 영글어가면
검게 그을린 얼굴에
해맑은 미소가 번지는데

해와 바람 벗 삼아
속 깊은 이야기 나누면
오래뜰 봉선화도 잎새 흔들며
눈시울이 붉었다

정성으로 가 축한 어머니의 꽃밭에서
사시랑이 되도록
샘물같이 우러나는 사랑
안다미로 주시고 또 주신다

* 또바기 : 한결같이 / * 오래뜰 : 대문 안에 있는 뜰.
* 사시랑이 : 가늘고 힘없는 사람 / * 안다미로 : 담은 것이 그 그릇에 넘치도록 많게

# 태양 꽃 / 심선애

파릇한 향기 흐르는 풀숲에
햇살 한 줌 피어나 넉넉한 미소로
비바람에 젖은 마음
품을 듯하다

고추잠자리 잉잉거리면
빙그레 웃으며 화답하다가
지나는 길손의 멋진 모델이 된다

해종일 하늘을 보는 까닭은
누구를 위한 기도인가 알 수 없지만

갈바람에 거뭇하게 익어가면
탱글거리는 그리움에
고개 숙여 마음 전하겠지

# 시인 오수경 편

---

시작 노트

코로나로 약 3년 동안 생명 위험을 느끼고 인간의 존엄과 사랑이 소중하다는 것을 다시 한번 깨닫게 되었다.

코로나와 사투를 벌이며 인간의 무력함과 물질 만능의 시대에 마음을 비우고 세계인 모두 하나 되는 줄 알았는데 또 어리석은 인간들이 전쟁을 일으켜 세계의 평화 깨뜨리며 인간을 무참히 학살하고 있다.

우리는 어떻게 살아야 되는가?
국내외 정세와 경제는 나락으로 떨어지고 있는데 우리 시인들의 역할은 과연 무엇인가?

결국 이 모든 것은 사랑이 부족하고 서로 협력하지 못하니까 일어나는 일들이다.
사랑으로 하나가 되길 간절히 기도하고 있다.

# 시인의 언어 / 오수경

끝없는 목마름의 갈증이요
내재된 그리움의 반증이요
영원한 사랑을 갈구하면서
함께 할 행복을 추구함이요

상실한 현재를 딛고 서서
자유와 인권을 수호하고자 함이요

절망과 어둠이 가득한 세상에서도
한 줄기 빛을 찾고자 하는 몸부림이어라

불의가 정의를 이길 수 없음을
증거하면서 고독한 꽃으로

보다 나은 미래를 갈망하며
모두가 하나 되는 세상의 보석이어라

## 신의 가호가 있기를 / 오수경

아픔이 없이는 행복의 깊이를 알 수가 없고
슬픔이 없이는 기쁨의 진정한 의미를 모르겠지만

너무 많이 아파하거나 슬픔에 빠져 고통스러워 말자
아픔과 슬픔으로 인생의 소중한 시간을 빼앗기니까

신도 너무나 가혹할 때가 있다
더 크고 소중한 것을 주기 위함이라지만
우리를 언제나 공평하게 심판했으면 좋겠다

세계 평화와 자유를 염원하는 이들의
통곡하는 소리를 외면하지 말고
부디 신의 가호가 있기를 바랄 뿐이다

# 나무가 내게 하는 말 / 오수경

나는 습관적으로 나무를
자주 껴안는다

그럼 나무도 나에게 속삭인다

봄에는 여리디여린 새싹으로
힘내라 위로해 준다

여름에는 무성한 잎으로
열심히 살아라고 응원한다

가을에는 오색 찬란한 잎으로
힘든 이에게 베풀어라고
일러준다

겨울이 되자 아픔을 삼키면서
잘 살아냈다고 꼭 안아준다

내가 나무를 사랑하고
나무처럼 살고 싶은 이유이다

# 사랑의 단상 / 오수경

사랑이라는 비명 아래 성인이 된 자식의 인생을
사랑이라는 이름 아래 부부간의 배려와 존중을
사랑이라는 변명 아래 서로의 권리와 자유를
이 모든 것을 사랑이라는 포장으로 탄압하면

생명 있는 모든 것들이 존재의 존엄성마저 빼앗겨
불행과 파멸의 늪으로 소용돌이가 일어난다

그렇다고 사랑은 자유와 방종이 아니다
서로의 사랑으로 부모 연인 부부 친구
가족, 이웃, 사회의 구성원이 되면
스스로 구속과 책임이 따른다
스스로 통제와 억제가 필요하다

서로서로 배려와 존중 속에서
스스로 의무와 책임을 다할때
아름다운 사랑이 꽃을 피운다

# 인생은 한 편의 연극이라지만 / 오수경

인생은 한 편의 연극이라지만
거짓은 싫어요. 거짓은 싫어요

인생은 한 편의 연극이라지만
진실을 원해요. 진실을 원해요

다급하고 어려움에 처했을 때
미사여구들은 무엇이었나요
위선으로 포장된 말들이었나요

우리는 너무나 순수하고
우리는 그저 너그러울 뿐이예요

우리 모두 과거를 잊지 말고
자신을 먼저 돌아봐요
잘못된 생각과 행동에서 깨어나
겸손하고 진실하게 살아봐요

♣ 목차

# 시인 오정현 편

시작 노트

시는 긴 공허를 채워주는 마법과도 같은 존재였다
초등학교 때 혼자 있는 시간이 많은 나는
책을 읽고 시를 쓰기 시작했다
누군가는 나의 시를 읽으며 기뻐하거나 슬픔에 공감하는 날을 기대하면서
그것이 온전히 지금의 나를 만들었고 삶의 일부를 차지하며
고뇌와 번뇌가 시작되면서 시를 쓰는 습관이 생겨났다
그래서 힘들 시기가 와도 나는 시를 썼다
시를 쓰면 모든 미련이나 필요 없는 감정에서 해방되기 때문이다
전기에 감전되는 순간을 포착하여 시를 쓴다

# 고백서 / 오정현

우리의 첫 키스는
유빙이 되어 떠돌며 침묵하고
얼어붙은 겨울밤은
슬픔을 마음껏 울게 해주었다
저 먼 하늘 끝 차가운 달빛은
미소를 지으며
안녕을 속삭이고
무심한 세월 때문에
나를 갈증 나게 했다

그대를 그리워하면
뼈만 앙상한 심장을 휘휘 감아 도는 바람 소리가
눈 내리는 밤 절망하듯 시려 오며 눈물짓는다

우리의 빛나던 순간이
이제는 긴 침묵 안에 가둬져 있다
나는 어두운 죽음의 골짜기를 향하며
두려움에 안개가 가득하여
오직 희열만을 느낀다

사랑하는 이여
누군가 죽음을 가기 위해 걸었던 그 길 따라
나는 세상을 밟고 걸어간다
돌이켜 생각해 보면
겨울밤 홀로 걸어오는 봄처럼
나는 신에게 그대의 봄을 원했다
새들이 도토리나무 숲에서 지저귀는 아침
그대의 봄 안에서 살아가기를 간절하게 기도했다

# 낙엽살이 / 오정현

어디로 갈까
갈 곳을 잃어
발길 닿는 곳으로 걷다 보면
다시 그 자리에 머문다

눈이 내리고
찬바람 나뭇가지를 흔들면
내가 어둠이 되어줄게
너는 별이 되어 빛나라
반짝이는 너로 인하여
길을 잃지 않고
나, 살아갈 수 있게

어디로 갈까
길을 잃어 서성이는 밤
너는 나의 슬픈 눈동자

# 낙화 / 오정현

떠나가는 그대가
돌아오지 않을 것을 알면서
나의 마음은 붉어져
바람이 불어오면
바람 부는 곳을 향하여
꽃잎 흩날립니다

떠나가는 그대
청순한 얼굴빛으로
그대를 보내려 나선 길 아득하여
나의 눈빛은 점점 초점을 잃어갑니다

무엇이 서운하여
우리의 순간은 순식간에 사라지고
긴 여정을 걸어가야 하는지요

떨리는 손길
떨리는 입술
그대를 사랑한다는 말은
외로움과 함께 했던 꽃지는 밤
혼자 남아있습니다

# 단풍 드는 날 / 오정현

가진 것 없어
사랑한다는 말 하지 못하고
버스터미널 창가에서
너를 보내고 집으로 돌아오는 골목길은
바람 소리 흐드러지더니
단풍이 저만큼 물들고 있었다

가을 햇살 두 뺨에 와닿아
발갛게 단풍 드는 날
너를 생각하며
갈대가 꺼억 꺼억 우는 들판을 달렸다

가진 것 없어
너에게 가지 못하고
지나간 시간
낙엽 되어 떨어지면
너에게 보내지 못한 편지지에 꽂아 놓았다

사랑하는 이여!
그대 가슴에도 단풍 드는가

# 친애하는 나의 봄에게 / 오정현

봄눈 내렸던 새벽은
차갑게 유리창에서 빛나고 있었네

저수지를 향해 떨어진 눈물방울
깊이를 모르고 보이지 않네

철철 흐르는 핏빛 물들인 봄님이
저 먼 길에서 나를 찾아오셨다는 소식에
우체통 아래 앉아있는 민들레꽃 방긋이 피어나네

친애하는 나의 봄이여
친애하는 나의 봄이여

고단한 삶이 어제와 같다고 해도
어떤 두려움 없이 살아가노라니
나를 향해 오라
나를 향해 당당하게

# 시인 이원근 편

## 시작 노트

이제 완연한 봄의 시작이다.
그동안 추운 겨울이 내 일상을 조여 왔지만
지워버릴 시간들이 힘들었다.
앞으로 힘들지라도 내 몸과 마음에 견딜 수 있는
내성이 자라나고 있음을 겨울이 떠나감과 함께
느낄 수 있다.
곧 봄이 겨울과 결투 끝에
겨울을 밀어내며 여름과 함께 한 계절을 가겠지.
계절에 순응하며 열심히
활력있는 삶을 꾸려야겠다.

# 꽃 편지 / 이원근

얼굴 한 번 내밀려고
그리도록 추울 때
겨울 한 철을 잠꼬대에
그리 시달렸나요

기나긴 겨울내내
보고픈 간절함에
밤, 낮 없이 기다리게 한 꽃망울

살랑살랑 봄바람에 겨울잠이
달아났네요

임이여
그동안 얼었던 땅바닥을
울렁이게 한 인고의 사랑
다시 피어오르는가

봄 향기 가득한 꽃 편지
임을 향해
지난겨울을 견뎌내며
다소곳이 보낸다.

# 별리(別離) / 이원근

쉴 곳을 찾아 맺은 석양의 약속
저 건너 서쪽 하늘에
머물다 떠난 하루가 짧았을까
날름거리는 화려함이 더 애처롭다

잠시 멈춘 구애의 손짓
총각 애간장을 태우는 여인처럼
행복한 만큼의 이별을
넌 조용히 이야기하더라도

아직은 헤어짐에 아픔을 견뎌야 했다

누구는 오랜 약속을 품다가 지친
너의 시선에 좋아하고
누구는 너의 시선에
자신을 부끄러워했던 사람들을

품을 수 있는 저녁 시간
그냥 헤어지는 게 아닌
넓은 마음으로 받아주는 석양이 아닐지
이별 모습이 너무 짧다.

# 봄은 일탈을 안 했지만 / 이원근

길바닥이 단단히 얼었던 겨울은
발걸음이 무거웠다.

넓은 지구를 코로나 전염병이
스치고 지난 계절에도
나무, 사람들 여기저기마다
푸릇푸릇한 봄 길을 꿈꾸었던
봄은 언제나 일탈을 안 했지만

인간들의 무리한 자연 탐닉
열대우림이 머리카락 없는
대머리가 돼가고

예전의 빙하도 사계절 구별 없이
해가 내리쬐는 땅끝에서
슬픈 눈물을 쏟아낸다

대부분 사계절을 건기, 습기로
나누는 아프리카의 대륙까지
동, 식물들의 봄철 걸음걸이
땅을 울리는 소리 여전하고

온 사방을 얼음으로 치장하며
계절의 한계를 나누었던
남, 북극 지방에도 봄 길을 열었지만
봄을 벗어나지 않는 지구의 꿈
영원히 바랄 뿐

후손에게 물려주고 지켜야 할 땅덩어리
우리의 발걸음이 무겁더라도
싱그러운 희망만이 움트는 봄철
우리가 바라는 봄은
일탈을 안 했다.

# 하늘이 흩어지기 전에 / 이원근

눈 내리는 낮이다
눈 오고 난 후 하늘이 흩어지기 전
모두가 외출을 원하는 날
눈싸움 못 한 사람들이
집안 이리저리 궁둥이에 열난다

갑갑한 마음 풀어헤칠라
이 겨울이 가기 전에 마지막 눈밭을
거닐고 싶은 발걸음
알알이 맺어 쌓인 눈길에
얼굴이 반사될까 들여다보면

어느새 눈발이 흩어져버린 하늘에는
햇빛이 눈동자에 들어와
밝은 미소를 짓고

눈 쌓인 공원에 연인들의 걸음걸이
몇 발짝 사랑 춤을 추다
사라지는 아쉬움에
연인들의 투정처럼
하늘에 박혀있는 내 마음

높디높은 아파트 지붕에
애틋하게 걸 터 있다.

# 홍매화 그늘 아래 / 이원근

두 볼에 연지곤지 붙인 새색시와
달리 고고한 자태의 여인
기방의 기생처럼 당당히 앉아

아랫 치맛자락에 임이 주신 홍매화
그림 한 점 간직하며 밤을 기다린다

낮에는 꽃들이 유혹하고
광란의 몸짓으로 나비의 비상일지언정
밤이 되면 바깥세상은 잠드는데
홍매화 피는 밤을 부러워하지 않을지

홍매화 그늘 아래
가슴 저린 사랑
안방을 살뜰히 태우는
살 부딪히는 소리 영글어간다.

# 시인 정기성 편

시작 노트

길고 먼 길을 한참이나 에둘러 왔습니다.
햇살 고운 계절에 대한문인협회에 신인문학상으로
등단하여 빼꼼 얼굴을 내밉니다.
문우님들께서 반갑게 맞아주시고 격려해 주시니
이제 겨울옷을 벗어 던지고 새 옷으로 봄 단장을 해 봅니다.
항상 겸손하게 노력하는 시인이 되겠습니다.

## 겨울 정원에서 / 정기성

겨울 정원에 서면
텅 비인 바람 소리만 소란한 것이 아니다.
메마른 삭정이 구석구석에 갇혀
시원하게 내뿜지 못하는 욕망들이 아우성친다.

겨울 정원에 서면
내 볼만 상기되는 것이 아니다.
게으른 햇살 하나 놓칠세라
속 좁은 물기 하나 바람에 빼앗길세라
비좁은 생명줄에 바둥바둥 매달려 핏대를 세운다.

겨울 정원에 서면
일로 장터 각설이패들의 넉살이
하루종일 발걸음을 묶는다.

# 겨울 햇살 / 정기성

겨울 햇살이 고와서 인의산에 오른다.
들녘은 추억처럼 멀어지고
하늘은 그만큼 걸어서 내려온다.

황사가 지나간 자리에
언어들이 황홀한 옷을 입고 유희한다.

까치발을 디디면
손끝에 닿을 듯
가슴에 내릴 듯
난무하는 언어의 새들이 유혹한다.

겨울 햇살에 피어나는 언어의 꽃밭에서
한낮 내내 허우적거리다가
펼쳐 든 백지에 글자 하나 잡아넣지 못하고
겨울 햇살 짧은 머리채를 밟으며
함께 내린다.


*인의산: 무안군 일로읍에서 가장 높은 산.

## 눈 위에 쓰는 편지 / 정기성

사랑해.
눈 위에 편지를 쓴다.
부끄러워
내리는 눈은 고이 싸매고

사랑해.
너를 향한 입김 하나하나가
소복한 눈이 되어
그리움으로 쌓이고

사랑해.
몇 날 후에 편지는 지워져
아무도 지울 수 없는
대지에 깊숙이 스며들고

사랑해.
또다시 지상에서
혼자만의 시린 고백으로 흩날린다.
먼 훗날 이때쯤 내리는 눈 위에
사랑은 형상을 입고 서성이겠지.

처음 별과 끝별만큼이나
아픈 우리 사랑

# 베트남 하롱베이에서 / 정기성

바다는
병아리를 품은 어미 닭처럼
삼천여 개의 섬들을 품고 있었다.

행여나 속세에 빼앗길세라
부지런히 물안개로 얼굴을 가렸다.

하늘에 길을 내고
유람선을 띄운 인간에 맞서
곱게 기른 섬들을 안개로 지우고
자신조차 지우고.

바다는
갈매기조차 허락하지 않았다.
인간의 유혹에 손쉽게 길을 여는
갈매기는 더 이상 친구가 아니었다.

바다는
안개를 걷어내려는 인간에 맞서
숨 가쁜 가슴을 찢어내고 있었다.

# 만남의 봄 / 정기성

누이야
예순여섯 해 돌무덤에 묻혀 햇살이 그리워
땅 풀리는 온기에 제비꽃으로 고개를 들던
한 살짜리 내 누이야.

네게는 그리움의 긴 세월 끈
내게는 찰나의 세월 끈

어머니를 땅에 묻고
아버지를 그 옆에 묻고

네게는 찰나의 세월 끈
내게는 그리움의 긴 세월 끈

이제는
땅이 풀려도 누이는 피어날 줄 모르고
나는 세상 한구석에서 돌더미에 갇힌다.

누이야
새 봄날엔 어미 꽃 아비 꽃 등에 업혀
한 번도 마주 못한 얼굴을 익히자.

어미 꽃 아비 꽃 제비꽃이 어울려 피어나면
돌더미에 눌린 예순세 살의 내가 일어나고

햇살 고운 봄날에
세월에 묶였던 엇갈림의 사슬을 끊어내고
이승과 저승 삶의 외면을 끊어내고

이 봄엔
서로 벙어리 된 너와 내가
세월이 돌려줄 하나 됨을 꿈꾸며
누이는 향긋한 꽃내음으로 지상의 텅 빈 들녘을 채우고
나는 메마른 가슴마다 따뜻한 인정으로 불을 붙이자.

# 시인 정미형 편

시작 노트

누군가에게는
희망이 되고
또는 위로가 되는
차 한 잔의 휴식 같은 시
한 끼 밥상 같은
詩를 쓰고
詩를 노래하며
겸손한 마음으로
묵묵히 시인의 길을
걷고 싶습니다

# 봄날은 온다 / 정미형

인생의 봄날에는
봄날인지 모르고 있다가
낙엽 지는 가을이 되면 그리워지고
겨울이 되면
그 봄은
더 그리워지더이다

내 나이
황혼으로 접어들지언정
젊은 날의 소낙비 맞는 상쾌함으로
온통 심장 터질듯한 전율로
사랑은 봄이 오듯 늘 시작점인 것을

봄을 껴안고
비비고 키스하며
나에게 주어진 봄꽃을 피우리니
내 인생의 봄은
끝없이 찬란하리니

# 어머니는 봄 / 정미형

봄의 전령사
연분홍 진달래는
어머니 꽃입니다

꽃잎 하나
잔에 띄우면
어머니 향기

꽃잎 하나
가슴에 얹으면
어머니 얼굴

내일은 노랑 개나리에서
어머니의 아잇적 미소를
보려 합니다

봄은 어머니입니다

# 여름비 푸른 비 / 정미형

목마른 잎사귀들이
버선발을 앞세워
비 마중을 나간 사이
상쾌한 빗물의 운율에 맞춰
푸른 감성 하나씩 덧대어
마음을 충전합니다

어떤 음악보다 아름다운 빗소리
빗방울이 끌어올린 흙내음
그들을 싣고 나르는 바람 냄새 가득한
비 내리는 날에는
추억도 함께 흘러내리는 창가에
싱그러운 물방울 방울방울 꿰어
푸른 향기에 취하고 싶습니다

지난 빛바랜 풍경
푸르고 푸르러질 때까지

## 가을엔 늘 그랬어 / 정미형

무작정 걷고 싶어지고
까닭 없이 울적해지고
누군가 사무치게
보고 싶어지는 걸 보니
가을인가 봐

그냥 공허하고
그저 휑하니 애꿎은 하늘만
자꾸 보게 되는 걸 보니
가을인가 봐

가을을 이겨내려면
정신 줄 단디 붙들어 매야겠어
가을 그 자식
사람 잡는 귀신이거든

# 굼벵이 / 정미형

누가 너더러
느려 터졌다고 하더냐
채여 가면서도
소임을 다해
완주를 한 걸

빠른 것만이 능사는 아니지
목적 달성한 네가
영웅인 거야

# 시인 정병근 편

시작 노트

난해하게 엇감아 꼬아서 쓴 시
과포장된 상품과도 같다.

단 한 줄의 짧은 시라도
편하게 읽고 흘려도

뜻은 정신적 자양분이 되어
간객(看客) 마음을 살찌우는

읽는 사람의 기억 속에
각인(刻印) 되었으면 한다.

# 개구쟁이 손자 / 정병근

손자 마음이
여름 하늘의 소낙비 같다.

장난감 바구니는 항상 엎어 놓고
진열장을 맨날 뒤진다

고놈이 창문을 열면
화분의 꽃들이 바르르 떨고 있다

갑자기 주위가 조용하다.
장롱 속에서 자고 있다.

# 세월 예찬(歲月禮讚) / 정병근

세월은 어느새
저 멀리 가 있었다.
가는 세월
붙잡을 수가 없는 것

젊었을 때 몰랐던 말
'너도 늙는다'
봄, 여름 가을 겨울
그냥 오고 가는 줄로만 알았다.

따뜻한 봄
열정적인 여름
아름다운 가을
포근한 겨울

제기랄!
이제 좀 꽃 재를 볼까 하니
인생 타이밍을 놓쳐
저만치 가버렸네.

# 선택 / 정병근

수많은 선택 중
아내와의 결혼도 있었다.

서로 사랑해서가 아니더라도
오늘까지 내 삶에서는
잘한 선택이다

사랑도 하고 싸움도 하고
좋든 싫든 지금까지 살아왔다

현실주의자인 내가
'다시 태어나도 당신이랑 결혼하겠다'
이런 마뜩잖은 말은 쓰지 않기로 했다

거짓말 탐지기로 검사해 봐도
이만한 사람은 없지! 싶다

뜻밖의 경우 다시 태어나면
그도 이보다 더 나은 삶을
살아갈 덕 德이 있다.

# 부자상전(父子相傳) / 정병근

어릴 적
나는
아버지가 정말 무서웠어!

지금도
아버지는 늘
내 곁에 계시더라고

내가 지금
자식 앞에서
화(火)를 내고 있어!

# 용이 되고 싶은 물고기 / 정병근

날마다
암야(暗夜)의 늪지
버드나무 가지에서
용의 꿈을 꾸는 물고기
한 마리 사피어(蛇皮魚)가 아니다.

천 번 만 번 뛰어내리며
하늘을 나는 용이 되고 싶어 한다
그는 꿈을 꾸는 아무 래기

천 년을 수행해야!
용이 된다는 사연
'저 용 봐라'가 되기까지
뛰고 또 뛰면
용 된다.

♣ 목차

# 시인 조병훈 편

## 시작 노트

인생이 아름답다.
나에게는 존재하지 않는 단어이다
삶 자체가 술이었기 때문이다
생출이 어떻게 성장했으며
가정이 어떻게 이루어져 왔는지조차 모르는
나에게 하늘 같은 은인이 찾아왔다
시인의 길을 인도해 준 시인님
등단할 수 있도록 등대가 되어 준 은인
시를 구상할 때마다 평안함이 찾아오는
행복을 안겨주신 정병근 시인님께 감사드립니다

# 한실 마을 / 조병훈

명절이면
고향 찾아 수백 리 길을
멀다 않고 찾아온다.

나는 찾아갈 고향이 없어졌다
유년 시절 홀딱 벗고 헤엄치던 벗들도
뿔뿔이 흩어졌다.

보성강 물줄기가 흘러 모인 곳
광주 전남의 식수원이 되어버린 주암호
모후산에
지나간 내 추억이 잠겨있다.

인심 좋고 소박했던 마을
논밭에서 쟁기질하던 동네 어르신
이웃을 부르며 함께하는 농주 한 잔

흰 쌀밥에
갈치 조림하면 최고의 별미
지금은 생각에서나 먹고 있을 뿐이다

보고 싶어도
들여다볼 수 없는
푸른 물빛은
언제나 내 고향을 지키고 있다

# 그리운 어머니 / 조병훈

어린 형제 양팔에 눕히고
젖가슴을 내어주신 어머니

행복보다도 자식 둘 어떻게 키울까 걱정이 앞서고
넉넉하지 못한 살림에 앞날이 캄캄했을 어머니

어느 자식보다 잘 키우려고
온갖 궂은일마다 하지 않으시고
검정 고무신 꿰매 신고 논으로 밭으로

해가 저물도록 육신을 희생시키면서
오직 자식 둘만을 위해서
창피함을 치마 속에 감추고 살아오신 어머니

밤새도록 호롱불 켜 놓고 베틀에 매여 찰깍찰깍
오가는 북 놓칠세라 발을 당기신 어머니

저는 어머니께서 원하시는 길을 가지 않았습니다
평생 좋은 곳 구경 한번 시켜 드리지 못하고
드시고 싶은 짜장면 한 그릇 대접하지 못한 불효자식

이제서야 눈물로 세월 보냅니다
그루잠 꿈속에서라도 보고 싶습니다

# 대장장이 되었다면 / 조병훈

바람에 날려
구름 따라
날아가 버린
허무한 감정

찾고 싶어도
찾을 수 없는
잊힌 사철
비운의 생명

가슴속에 응어리
풀리지도 않았는데
연륜 속에 숨겨진
심은 정 홀로 안고

독수공방 면했어도
허수아비처럼
빈 수레같이
종이배 타고 온 객정

잡을 수 없는 세월
누구를 탓할까
망가진 생애
대장장이 되었다면

# 꽃길인 줄 알았는데 / 조병훈

참삶의 시간 속에서
한고비 넘기고 나면
평안할 줄 알았는데
기다리고 있었다는 듯
찾아온 또 한고비

인생 고뇌 넘어가면
내 앞에 놓여 있는
징검다리 고비 건너가면
꽃길인 줄 알았는데
살아온 세월보다
남은 내 생사가 절벽
중간에 있구나

회오리바람 같은 고비
거북이걸음 같은 고개
실낱같은 희망 품고 눈물
삼키며 지켜온 생애

이 고개 저 고비 넘다 보니
검은 머리 파뿌리 되고
겉모습은 노야(老爺) 되었지만
청춘기로 돌아가고 싶다

# 어머니와 호미, 자루 / 조병훈

소쿠리에 호미 담아
찢어진 검정 고무신 신고
사리 분별할 줄 모르는 철부지에게
재앙 부리지 말고 놀아라 하시면서
사립문을 나가시던 어머니

뜨거운 햇볕 삼베 적삼에 가리고
머리에는 구멍 뚫린 수건 쓰시고
삼복더위 호밋자루 벗 삼아
고구마 줄기 이리저리 헤치며
밭고랑을 줄타기하신 어머니

집에 오시면 몸에 밴 땀 냄새 흙냄새
맡을수록 어머니 향기가 풍겨 나오는
나만이 느껴보는 어머니 냄새

흙냄새 땀 냄새가 좋아
어머니 젖가슴을 만지던
막둥이가 살아계실 적
성찰하지 못하고
흙을 사랑하신 어머니
마음을 이제야 알 것 같습니다

아들 둘 천덕꾸러기 될까 봐
공부시키려고 낮에는 호밋자루
밤에는 늦도록 길쌈 매신 어머니
그곳에는 호밋자루도
길쌈도 없어
행복하시지요

♣ 목차

# 시인 조하영 편

시작 노트

제일 좋아하는 계절
봄이 왔다
새 생명의 움틈과 연둣빛 향연
두근거리는 설렘이
오롯이 시의 언어가 되어
가슴에 스며든다.
봄볕의 따사로움처럼
풍경 같은 아름다운
시를 짓고 싶다.

# 산 / 조하영

신병을 앓는 사람처럼
몸서리치게 사랑했던 날들
오르고 오르지 못하면
가슴 터질듯한 울렁증은
널 향한 목마름이었다
물을 찾는 갈증처럼
끊임없이 자아를 찾아
그저 묵묵히 바라보는 것만으로
이슬 맺혔다
넓은 품으로 안아주던 봉우리
말없이 바라봐주던 풍경인들
빈 가슴 채우겠냐만
그땐, 왜 그래야만 했을까
결국
하늘과 바람 너를 담아올 거면서.

# 꽃비가 내리던 날 / 조하영

여기저기
꽃들이 지천으로 피웠건만
아직 눈빛도 못 맞춘 이내 심사
허둥대는 눈동자가 안쓰러워라

벌써, 하얀 꽃비가 내리면
아쉬워서 어쩌라고
나풀거리다 미련 없이 녹는 눈송이런가

꽃비 핑계 삼아
아쉬움인지 안타까움인지
눈물샘 살포시 적신들 부끄럽지 않겠다

저 화사함도 한때이거늘 청춘도 주름진다

꽃비가 내리던 날
잠시 걷던 발걸음을 멈추어
맘껏 가슴에 담아본다.

# 여름휴가 / 조하영

햇살 고운 마로니에 그늘에서
짝을 찾는 애달픈 매미가
눈살 찌푸리게도 울어댄다.

호수 같은 하늘엔
흰 조각배가 두둥실 떠다니고
산들바람이 귓불을 스친다.

날개옷같이 흘러내리는
계곡물에 발 담그고
자연 품속에 잠시 쉬고 싶을 땐

갯내 불어오고
부서지는 파도의 포말이
하얀 소금처럼 날리는 바닷가에 가볼까

눈망울이
푸른 바다 같은 사람이라도 있다면
시원한 산그늘 밑에서
한여름 꿈꿀 텐데….

## 겨울 편지 / 조하영

하얀 사연으로 쓴 연서를
읽는 내내 가슴 벌룽거린다.

소담한 추억이
함박눈처럼 야리야리한 오늘
풍경에 젖은 그리움이 분탕질한다.

달콤한 솜사탕 같은 밀어로
못다 한 이야기하고 싶은 걸까

알싸한 얼굴이 불그스레한 날

무심한 척하면
매서운 눈보라로 휘날릴
그 심통한 표정까지 느껴지는….

사랑이 그리운 겨울
내게 살랑살랑 소곤거리는 하늘에
마음 들통날 것 같다.

# 딸에게 / 조하영

타향살이하는 고운 딸아
씩씩하게 홀로서기 하는 모습
소소한 행동 말씨 하나에도
늘 기다림의 행복이었다

어쩌다
"엄마 사랑해 아프면 안 됩니다."
핸드폰으로 들려오는 너의 목소리가
눈물 나게 고맙더라

감동이 물결치는
하늘이 내리신 가장 고귀한 선물
엄마와 딸의 인연

내 딸이어서 감사하고
지금처럼 행복하게 살자꾸나.

가슴 벅차 목이 멘다.
사랑하는 나의 천사야!

♣ 목차

# 시인 최이천 편

시작 노트

하나님이 펼쳐놓은 광활한 무대에
부모님의 은혜 주인공으로 초대받은 내가
삶을 시 짓는 영광 감사뿐입니다.
숨 쉬는 시어를 찾아
꽃잎에 이는 바람 미세한 소곤거림
가만히 들어봅니다.

# 매화 연가 /최이천

시리고 아파도
꽃으로 태어난다면
참을게요

흔들고 밀어내도
꽃으로 핀다면
견딜 거예요

바람이 주는
시련에 속지 말고
기다리면 꽃으로
피어납니다

내 멋에 웃어보는
오늘은 살맛 나는
기운에 바람 안고
춤을 추었어요

밀고 때리고 흔들어도
참고 견디는 매화는
동장군 이긴 승리에
화사한 꽃이 되어
저토록 아름답게 피었습니다.

# 마음은 삿갓을 쓰고 / 최이천

이팔청춘보다 더 젊은
새싹 청춘이 되어 어디론가
떠나는 마음 누가 말기랴

몸 나이는 늦가을
마음 나이는 새싹 청춘
물오른 마음 정기(精氣)
풀 곳을 찾아 돌고 돌다가
테킬라 한잔 드링크(drink)하고
남미 쪽을 가로질러
럼주 마시려고 아프리카를
기웃거린다.

밑자리 깐 테킬라에 럼주
취한 듯 세상이 우습다.

취한 김에 한 잔 더 유럽 가서
코냑 마시고 만취하면
아리랑 노래에 춤을 추고
조니워커와 배갈로 폭탄주
만들어 술이 세다는 놈놈
불러와 고주망태 만들어주마

보드카와 샤케로 폭탄주 만들고
전쟁 꾼들 불러와
머리부터 발끝까지 술독에
담가 세상이 빙빙 도느냐고
물어볼 거다

그리고
귀 밝기 주 해장하고 정신 차리라고
새싹 삿갓은 타일러주고 싶다.

# 나목의 독백 / 최이천

약속이 없어도 오실 줄 알고
새 꽃잎 추억 찾아 연두색
아기 옷 실가지에 맺다는 꿈
밤마다 꾸었습니다

얼어버린 상고대 시린 서러움에
긴 밤 지새우며 하늘 쳐다보고
영롱하게 반짝이는 별빛 품에 안고
남쪽 하늘 바라봅니다

기다림에 지쳐 깊은 잠 멈춰 있을 때
따스한 햇볕 입맞춤은 온몸에 생기로
샘솟아 부스스 눈을 뜹니다

언제 왔소, 깜빡하는 사이에
물오른 가지마다 맺힌 꽃망울
앙증스런 모습으로 봄옷 입으셨네

# 못다 쓴 소설 / 최이천

부는 바람에 모였다
흩어지는 장르는 헤아릴 수 없는
갈래로 날아오르는 판타지
유(有) 무(無) 한꺼번에 느끼고
버리는 폭발하는 이름 모를 별들이
이웃 되어 아무 일 없는 것처럼
가고 있다

가슴에 이루지 못한 꿈
버리지 못한 꿈을 안고지고
쓰다가 찢어버린 무수한 시와
노래를 못다 쓴 소설로 남겨두고
내려야 하는 정거장이 다가오는데
매기(每期) 추억은 봄이 되어 웃고 있다

그리운 봄이 웃는 봄으로 와서
가만히 있어도 봄 처녀 봄 총각
향기 있는 꽃으로 피게 하는
섭리(攝理) 누구의 작품입니까

만산에 새 풀잎 새 꽃잎 소곤소곤
다정하니 찾아오는 새들 노래
오선지에 스텝을 밟으면 완성된
노래가 되어 가슴에 품고 못다 쓴
소설 속 주인공을 위로한다.

# 고독사 고백 / 최이천


고독해 봤소
바람만 불어도 아려오는 맘 병
다친 맘 치료할 곳 없어 소줏집
기웃거리고 미쳐본다.

말 붙일 곳 없어 벽을 잡고 울어보고
허공을 치며 통곡해도 지나간
그림자에 얻어맞는 자존심은
세상을 거부한다.

누가 세상이 고해(苦海)라고 했던가?
지쳐가는 한 마리 새는 끝이 없는 고해(苦海)에
번민(煩悶)할 기회도 없이 날개를 접는다

무엇이 그렇게 가시였는가
그 가시를 알 수가 없다

그냥 날개를 접고 조용히 쉬고 싶어
맘이 몸을 점령하여 움직일 수가 없어
사랑과 웃음도 거짓 위선으로 포장되고
진실 없는 껍데기에 무엇을 말할 것인가
더 내려갈 곳 없는 자존심의 도피처다

무(無)에서 유(有)가 된 내가
조용히 원점으로 귀가하는
자연과 순환의 피앙세
마지막 흘린 자존의 아름다운 눈물이다

♣ 목차

# 시인 하신자 편

시작 노트

동심을
추억을
사랑을
미래를 노래하는
온기(溫氣) 있는 시인이길 소망하며

# 함박눈은 슬픔이다 / 하신자

함박눈이
하얀 세상을 매달고
기차처럼 달려 나가면

잠든 세상은
긴장을 풀면서
하얗게 물들어 가고

길가의
작고 가녀린 아기 나무는
함박눈과 힘겨루기를  하는데

그 가녀림이
마냥 슬프고 기특하다
아기 나무야, 너는 우리의 희망이다.

# 인연 / 하신자

홀로 가는 길이
두렵고 쓸쓸했는데
어느 날 다정한 사람이

내 마음에
지지 않는
봄으로 다가와

내 삶의
주름이 되고,
눈물이 되고
웃음이 되고,
길로 피어난다.

# 단 하루 / 하신자

수능 날 아침,
불안과 초조가
마음에 둥지를 틀자
죽 끓여 먹이고 도시락 싸며
준비물 두세 번 확인했는데도
엄마는 자꾸만 허둥댄다.

숨을 가다듬고
불안을 다독이며
도시락 챙겨 자동차에 시동을 걸자
팽팽한 긴장감이 딸을 데리고 앞서 나온다.

"딸, 힘내."
"아직 준비가 덜 됐는데
미술 실기시험과는 비교가 안 되게
떨리고 잘 봐야 한다는
중압감이 장난이 아니야."

온 우주가 한숨으로 가득 찬다.

시험장에 들어서는
딸의 발걸음은 천근만근
바라보는 엄마의 마음엔
긴 주름이 잡히고,

심장은 벌렁벌렁
한참을 서성이다 몸만 집에 왔는데
전화가 울었다. 가슴이 철렁한다.

"엄마, 시계 어디 있어?"
"필통에 넣어 뒀어."
"알았어."

오늘의 떨림과 힘듦이
미래의 꽃봉오리로 활짝 피어나게 하소서

# 친구 / 하신자

점심시간
축구하며 재잘거리는
아이들 소리에
하늘이 활짝 웃는다.

하늘의 웃는 모습에
아이들이 함성과 함께
축구공을 쏜다.

깜짝 놀란 하늘,
먹구름 골키퍼로 막는다.

먹구름을 내보낸
하늘이 미워
계속 공을 쏘며 조른다.

하늘은
달, 별, 비, 흰 눈과는
함께 놀면서
우리랑은 놀아 주지 않지?

오늘 밤 꿈나라에서는
하늘과 축구하며 놀고 싶다.

## 추억 / 하신자

남광주시장에
일렬종대로
서 있는 튀김 안에서
여고 시절 푸른 꿈이
말캉말캉 씹힌다.


## 가을 / 하신자

폭염도 입추 앞에서
살짝 힘을 뺐나 봐
화단의 카멜레온이
아직도 활짝 웃고 있는 걸 보니.


## 바램 / 하신자

꽃가루처럼 찬란하게
쏟아지는 햇살을
살짝 밀어내며,
무지갯빛 단풍이
환하게 웃음 짓네.

# 시인 한정서 편

시작 노트

가끔 한번은 일탈을 꿈꾼다.
하지만 실행하기는 쉽지 않다.
그래서일까?
이렇게 '동인지'라는 명목을 빌어
일상에서 작품을 만들어보려
함께 의미를 담아 일탈을 준비하려
꼼지락거려도 본다.

나는 '함께'라는 단어가 참 좋다
이번 동인지 계획도
그 함께이기에 할 수 있었고
앞으로도 그 마음이 이어지길 바라며
우리 광주. 전남 지회의 발전을 염원한다.

# 육 남매의 정 / 한정서

우리 형제들 돌아보노라니...

어느 날
뚝 떨어진 곳의 투박한 삶을
도저히 인정할 수 없어 통곡했다

배불뚝이 청상과부 어이 살라고
돌아올 수 없는 길을 나섰을까

마음 쪼개는 무거운 짐이 싫어
떠난 건 아닐 거라는 위안

슬픔과 고달픔으로
짓누르는 짐이었다고 여겼건만
용서와 감사를 안긴 세월은

부모가 뿌려놓은 달빛에
눈물만 삼켰던 육 남매
번갈아 사랑 꽃피워 낸다.

# 따라쟁이 / 한정서

웃는데 씽긋 따라 웃는
너의 따라쟁이 또 시작되었다.

토끼 치아 드러내며
속없이 소리 내 웃어대도

동동거리는 몸짓에도
가까이 다가오지도 않고
한마디 위로도 못 하면서

구슬프게 흘리는 눈물바다를
함께 헤엄치듯 가는 중이지만
여전히 평행선을 지킨다

딱 그만큼의 거리에서도
너와 나 하나라는 사실에
다시 바라보다 미소 지으며

언제나 만나는 사이지만
오늘도 살며시 손짓하며
가만히 앞으로 불러본다

속내를 잘 알고 있어서
다시금 찾게 되는 네게
살풋 미소 지으며 그렇게.

# 알게 모르게 / 한정서

누가 붙였을까
질리지도 지치지도 않는지
쫄랑쫄랑 성가시게 엉기는 녀석

떼 내려 할수록
폭포처럼 요란스럽게 콩닥콩닥
밤새 잠 못 이루게 하는 널

지겹다고 징글맞다고
한마디 찐하게 내뱉고 나면
후련해지련만

생각 주머니에서는
떠나보내지 못한 채
애타는 심정 한 움큼 쥐고
속 끓이기 일쑤다

호되게 밀어내면 오지 않으려나

에구 아니었구나
다른 모습으로 둔갑해서
또다시 찾아드는 녀석이더라.

# 수선집 풍경 / 한정서

한 땀 한 땀 기운 애환을 따라
수선집 풍경을 눈에 담는 시간
세상의 상처 꿰매던 재주꾼은
떨어진 단추도 이슬에 멱살 잡힌 셔츠도
감쪽같이 성형한다

뒤죽박죽 좀먹은 투정도
꿋꿋이 뜯어고치는 장인의 손으로
상처 난 마음을 덧대어 보듬고
물꼬 트듯 탁 터주기도 하며
정원사처럼 마름질한다

헐어버린 지문이 희망으로 달리며
새어 나간 시간이 피워놓은 꽃

구겨진 자존심 반듯하게 세워지고
작은 조각별들도 바늘 끝에서
환하게 미소 지으며 의기양양할
누군가의 행복을 껴안은 마음의 길

오늘도
그녀는 사랑을 꿰매는 중이다.

# 선물 / 한정서

익숙하지 않아도 들으면
기분 좋아지는 선물 같은 언어

노력한 대가로 받는 선물은
날개를 달았는지
하늘 높이 날아올라
우주선을 타도 좋았을 법하다

하지만 어떤 날은
좋은 말도 칭찬인지
비웃는 것인지 헷갈릴 때가 있다

그래서
도끼눈이 되기도 하고
때로는
제일 선한 천사가 되기도 한다

고민한다
고래도 춤추게 한다는 칭찬
어떻게 하는 게 바른 것인지

그래도 해야겠지
누구나 들으면 좋은 말이니까

# 세월을 잉태하여 3집

## 대한문인협회 광주전남지회 동인문집

2023년 4월 24일 초판 1쇄
2023년 4월 26일 발행
지 은 이 : 최이천 외 19인
　　　　　김강좌 김종덕 박근철 박정수 박희홍 배인안 서홍열
　　　　　소재관 심선애 오수경 오정현 이원근 정기성 정미형
　　　　　정병근 조병훈 조하영 최이천 하신자 한정서
엮 은 이 : 최이천
디자인 편집 : 이은희
기　획 : 시사랑음악사랑
연 락 처 : 1899-1341
홈페이지 주소 : www.poemmusic.net
E-Mail : poemarts@hanmail.net

정가 : 10,000원
ISBN : 979-11-6284-443-4